Le Rallye de la Rose

RETROUVEZ
DANS LA BIBLIOTHÈQUE ROSE

Winx Club 1 :
Les pouvoirs
de Bloom

Winx Club 2 :
Bienvenue
à Magix

Winx Club 3 :
L'université
des fées

Winx Club 4 :
La voix
de la nature

Winx Club 5 :
La Tour Nuage

Winx Club 6 :
Le Rallye
de la Rose

© Hachette Livre, 2006, pour la présente édition.
Novélisation : Sophie Marvaud
Conception graphique du roman : François Hacker

Hachette Livre, 43, quai de Grenelle, 75015 Paris.

Le Rallye de la Rose

Bloom

C'est moi, Bloom, qui te raconte les aventures des Winx. Je croyais n'être qu'une terrienne ordinaire, appréciée pour mon bon cœur, mon courage et mon charme. En fait, je découvre peu à peu mes pouvoirs magiques ainsi que ma véritable identité. Je suis une fée, et pas n'importe laquelle... Je poursuis mes études à Alféa, l'université des fées. C'est là aussi que j'ai rencontré mes nouvelles amies. Je les adore : elles sont charmantes, joyeuses, sûres d'elles, et pleines d'une énergie... féerique !

Stella

Fée de la lune et du soleil, elle prend quelques libertés avec la vérité, mais elle est tellement vive et drôle ! Son sceptre magique attise bien des convoitises.

fJora

Douce et généreuse,
fée de la nature,
elle sait parler aux
plantes. Ce qui nous
sort de nombreux
mauvais pas…

Tecna

Sous son apparence
directe et un peu punk,
elle cache une grande
débrouillardise. Normal,
elle est la fée des sciences
et des inventions.

musa

Fée de la musique, elle
connaît tous les styles
et tous les instruments.
Elle utilise parfois la musique
d'une manière inattendue :
comme arme,
par exemple.

Au royaume de Magix, un lieu hors
du temps et de l'espace,
la magie est quelque chose
de normal. En plus d'Alféa,
deux écoles s'y trouvent :
la Fontaine Rouge et la Tour Nuage.
Les Spécialistes fréquentent l'école
de la Fontaine Rouge.
Ah ! les garçons… Nous craquons
pour eux parce qu'ils sont
charmants, généreux, dynamiques…
Mais ils se disputent tout le temps.
Dur pour eux de former une équipe
aussi solidaire que la nôtre.

Les monstres sont au service
des sorcières de la Tour Nuage,
la troisième des écoles de Magix.
Les sorcières forment un groupe
uni. On les appelle aussi les Trix.

 Icy a pour armes préférées
les cristaux de glace,
le blizzard, les icebergs.

 Stormy sait déclencher
tornades et tempêtes.

 Darcy utilise des sortilèges
mentaux : elle crée des
illusions de toutes sortes
qui peuvent rendre fou.

Résumé des épisodes précédents

Mme Faragonda, la directrice d'Alféa, n'a pas du tout apprécié que nous allions récupérer la bague de Stella chez les sorcières de la Tour Nuage. Elle nous a infligé la plus terrible des punitions : la privation de nos pouvoirs magiques jusqu'à nouvel ordre !

Bien sûr, les Trix en ont profité pour venir nous attaquer chez nous, à Alféa. Heureusement que nous avons reçu l'aide de nos amis, les Spécialistes ! Impressionnée par notre courage, Mme Faragonda nous a enfin restitué nos pouvoirs.

Chapitre 1

Une fête très spéciale

— Bloom... Bloom...

Dans mon rêve, une mystérieuse voix m'appelle... Que j'ai déjà entendue... À la Tour Nuage, lorsque nous étions prisonnières d'un sortilège maléfique, cette voix m'a guidée et nous avons réussi à nous échapper.

— Bloom, souviens-toi...

De quoi dois-je me souvenir ? Dans la lumière éblouissante, je ne vois même pas la personne qui me parle. Qui est-elle ? Que me veut-elle ?

Je finis cependant par deviner une silhouette dansante, mince et souple, qui porte un masque doré en forme de loup.

J'ouvre les yeux. Et voilà qu'apparaît devant moi le visage gracieux d'une de mes amies. Mon rêve est terminé, je me réveille.

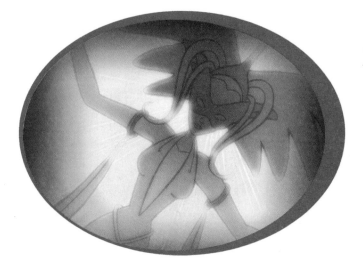

— De quoi dois-je me rappeler, Flora ?

La fée de la nature sourit.

— Eh bien, par exemple... qu'aujourd'hui est un jour de fête.

Je remarque alors qu'elle a une valise à la main.

— Où vas-tu ?

— Chez moi. Pour la fête de la Rose. Il n'y a pas classe et chacun rentre souhaiter une bonne fête à sa maman.

Ah bon ! C'est une sorte de fête des Mères, alors... Tandis que mon lapin Kiko saute dans mes bras pour son câlin du matin, je me lève et sors de la chambre. J'aperçois Tecna, qui prépare son sac de voyage.

— Bonjour, Bloom. Alors, tu rentres chez toi ?

Je fais la grimace.

— Si je retourne à la maison

pour un seul jour, j'aurai le
cafard de quitter mes parents à
peine arrivée.

Vais-je me retrouver seule à
Alféa ? Un peu plus tard, dans
les couloirs de l'université, je
croise le minuscule professeur

Wizgyz qui sautille, sa sacoche à la main.

Quand je lui demande s'il s'absente également, il désigne la rose qu'il porte à la boutonnière :

— Eh oui, Bloom, j'ai bien le droit d'avoir une maman moi aussi !

Quel soulagement de voir Stella me rejoindre, sans valise, et toujours pleine d'entrain.

— Ne t'inquiète pas, Bloom ! Toi, Musa et moi, on va se tenir compagnie.

Pourtant, dans la salle à man-

ger déserte, Stella plonge le nez en direction de sa tasse de chocolat. Elle prend un ton désinvolte, mais le cœur n'y est pas :

— Personnellement, je ne célèbre plus la fête de la Rose. Mes parents se sont séparés. Eh oui ! Le roi et la reine de Solaria ne s'entendent plus sur rien...

Elle se tourne vers la fée de la musique, qui reste pensive au-dessus de son bol.

— Et toi, Musa, pour quelle raison restes-tu à Alféa ?

Notre amie lève vers nous son joli minois, encadré de hautes couettes noires.

— J'ai perdu ma maman quand j'étais toute petite. Pour moi, cette journée est tout sim-plement la plus triste de l'année.

— Oh Musa ! Je suis désolée...

— Tu ne pouvais pas savoir, Stella. D'ailleurs la vie continue. Au moins, j'ai de beaux souvenirs pour m'accompagner ce jour-là...

C'est tellement triste d'imaginer Musa sans maman que quelques larmes tombent dans mon café. Stella et moi serrons notre amie dans nos bras...

Un téléphone mobile carillonne. Stella ouvre un boîtier, si fin et élégant qu'on dirait un petit nécessaire à maquillage.

— Je rêve ! Un message de

mon prince préféré ! Il se rend en ville avec ses amis et nous invite à les rejoindre.

Musa décline l'invitation. Mais pour ma part, j'accepte avec enthousiasme : je vais revoir Brandon !

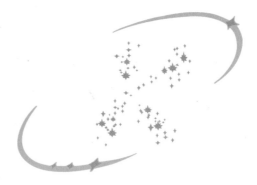

Chapitre 2

Ce que Bloom ne sait pas

Après le départ de Bloom et Stella, Musa grimpe au sommet de la plus haute tour d'Alféa. De là, elle a une vue magnifique sur le lac et la forêt, ainsi que sur le centre-ville de Magix, plus loin vers l'horizon. Le soleil est d'une tiédeur parfaite et le vent très doux.

La jeune fille s'installe dos au mur, posant devant elle une fleur de lotus aux pétales délicatement rosées. La fleur s'entrouvre et une image en trois dimensions apparaît. Il s'agit d'une belle jeune femme, dotée des mêmes cheveux brillants que Musa. Sa tenue ressemble à celles que portaient sur Terre, autrefois, les femmes chinoises.

La fée de la musique s'adresse à l'image de sa maman avec autant de naturel que s'il s'agissait d'une mère en chair et en os. Elle lui raconte qu'elle a décliné l'invitation de Stella :

— ... Finalement, je crois que toutes les fêtes se ressemblent. C'est vrai que j'aurais eu l'occasion de revoir Riven. C'est un

garçon un peu bizarre, mais il m'intéresse et j'aimerais le connaître mieux. Ce sera pour une autre fois...

La jeune femme hoche doucement la tête en souriant. Elle semble vraiment écouter Musa avec une attention pleine de tendresse...

L'ambiance est très différente à la Tour Nuage, l'école des sorcières. Là, personne ne songe à souhaiter une bonne fête à sa maman ! Les Trix ont été convoquées par leur directrice, une sorcière osseuse au teint livide. Très en colère, Mme Griffin va et vient dans son bureau, entre les vieux grimoires et les chandeliers couverts de cire fondue. Ses yeux lancent des éclairs mauves et jaunes. Dans sa main, elle secoue une lettre à l'en-tête d'Alféa.

— Vous êtes des incapables, mesdemoiselles ! Mme Faragonda sait que vous vous êtes introduites dans son école ; elle demande à ce que je vous punisse. Et je vais vous punir...

Les Trix reculent d'un pas vers le mur, inquiètes. La directrice reprend son souffle avant de poursuivre.

— ... non à cause de ce que vous avez fait, mais de ce que vous n'avez pas fait ! Vous n'avez pas encore réussi à gâcher la vie de ces stupides petites fées !

Icy, Darcy et Stormy échangent des regards ironiques et soulagés. Quelle naïve, cette Mme Faragonda ! Est-ce qu'elle croyait vraiment que la directrice des sorcières allait s'offusquer de leur petite intrusion à Alféa ?

— Je sens autour de vous une immense énergie négative, ricane Mme Griffin avec satisfaction. Mesdemoiselles Icy, Stormy et Darcy, vous pourrez devenir des sorcières très intéressantes. Mais pour cela, vous devez faire vos preuves !

Entre ses doigts, la lettre déchirée s'enflamme toute seule. La directrice de la Tour Nuage éclate d'un rire cruel, avant de s'emporter de plus belle :

— Chaque jour, se renforcent les liens entre les Winx et les Spécialistes. Et ça, je ne le supporte pas !

Elle effleure de la main la boule de cristal qui trône sur son bureau. Brandon, Sky et Riven y apparaissent, marchant d'un bon pas vers le centre-ville. Ils sont sans Timmy, le quatrième garçon du groupe, qui est reparti chez lui.

— Aujourd'hui a lieu ce stupide Rallye de la Rose. Comme punition, vous êtes obligées d'y aller vous aussi ! Vous utiliserez tous les moyens que vous voulez pour anéantir cette amitié. Je veux qu'à la fin de cette journée, les Winx et les Spécialistes se haïssent !

Chapitre 3

Quel casse-pieds, ce Riven !

Je n'ai jamais vu une telle animation à Magix ! Non seulement le temps est magnifique mais, en plus, les organisateurs ont des idées merveilleuses, comme de faire pleuvoir des roses sur les passants. Des roses sans épines, bien sûr.

Et voilà les garçons ! Sur leur trente et un, qu'ils sont beaux !

Prince Sky attrape une rose au vol et l'offre à Stella, ravie. Tandis qu'en rougissant d'une manière charmante, Brandon me tend une autre rose. Nous échangeons des regards amoureux... soudain interrompus par Riven, leur copain au visage maussade :

— Allez, on va ailleurs. Vous venez ?

Un coup d'œil suffit pour voir que ce garçon est jaloux. Désireux de ne pas envenimer l'am-

biance, nous le suivons sur la Grand-Place, où se trouve la ligne de départ d'une course de motos volantes.

— Ils se préparent déjà ! s'étonne Brandon.

Riven hausse les épaules :

— Ils n'ont pas encore bien compris que c'était inutile.

— Ah oui, s'amuse Brandon, ils auront affaire à trois champions ! Sky, toi et moi.

— Trois ? J'avais l'impression d'être le seul, lance Riven, sans un sourire.

Aussitôt, Stella s'inquiète pour son prince favori :

— Ce n'est pas horriblement dangereux, cette course, Prince Sky ?

Les futurs pilotes nous assurent que non. Nous restons à regarder ceux qui s'entraînent

en tournant à pleine vitesse au-
dessus de la piste. Les garçons
tentent d'évaluer leur chance,
pendant que Stella et moi, nous
nous préparons à encourager
chacune notre champion. Mais
Riven ne cesse de se vanter et

Prince Sky finit par en perdre son calme.

— Alors toi, Riven, puisque tu es le meilleur, tu as sûrement une foule de fans prêts à t'encourager ?

— En tant que fan, je peux avoir la fille que je veux. Tu paries ?

— Quel genre de pari ? demande Brandon.

— Très simple. Si je gagne la course, je choisirai l'une de vos chères amies comme cavalière au bal de ce soir.

— Mais c'est stupide !

— Tu trouves ? Eh bien, ajoute Riven, puisque c'est comme ça, je choisis tout de suite, en tant que fan pour la course, et cavalière pour ce soir, je choisis... Bloom.

— Quoi ? !

Alors là, je ne m'attendais pas à ça ! Brandon serre les poings. Mais je réagis la première. En quelques millièmes de secondes, je passe de la stupéfaction à la fureur.

— Dis donc, Riven ! Tu ne crois pas que tu devrais d'abord me demander mon avis ?

Le grand garçon brun et sportif me nargue.

— Ah oui ?

— Non mais, pour qui tu te prends ? C'est moi qui décide avec qui je sors !

Son attitude narquoise m'exaspère tant que je ne peux m'empêcher d'ajouter :

— Même si tu étais le dernier garçon survivant de l'univers, tu ne m'intéresserais pas. Tu ne cesses de te vanter, tu es ridicule !

Mes amis en restent bouche bée : je me fâche rarement, alors, forcément, quand cela m'arrive, ils n'en reviennent pas. Riven, lui, semble très amusé par ma colère.

— Au contraire, Bloom, je crois

que je te plais. Si tu ne le sais pas encore, tu vas vite t'en rendre compte.

Et comme complément à ces paroles incroyables, il m'attrape le menton comme s'il voulait me charmer, et peut-être même m'embrasser !

D'un grand geste de la main, je me dégage.

— Laisse-moi tranquille ! Tu ferais mieux d'apprendre le respect des autres !

Pour qu'il comprenne bien que ses manières sont insupportables, j'attire par magie une cor-

beille de fleurs qui décorait une
fenêtre et je la fais se renverser
sur sa tête. Voir Riven trempé et
ahuri est un spectacle très
comique. Nous rions tous de bon
cœur – tous sauf lui...

Quand je réalise à quel point

il semble malheureux, je regrette mon geste. Je me demande si parfois, je n'ai pas trop bon cœur... Mais de toute façon, c'est trop tard. Riven refuse mes excuses et nous tourne le dos, s'éloignant seul dans la foule.

Chapitre 4

Ce que Bloom ne sait pas

Fou de rage, Riven marche au milieu des attractions, sans leur prêter la moindre attention. Cette fille lui a tenu tête ! Elle l'a humilié ! Il a été ridiculisé devant ses plus proches amis !

Il lui semble que de l'eau glacée ne cesse de se déverser dans son cou. Que les rires de Prince Sky et de Brandon n'arrêtent pas de le poursuivre.

Et qu'autour de lui, tous les gens sont au courant de son humiliation.

— Je n'ai pas besoin d'eux ! gronde Riven entre ses dents. Je n'ai besoin de personne ! Et d'abord, je me fiche de cette fête !

Perchées sur le toit d'un immeuble, trois fines silhouettes le suivent des yeux. La plus attentive est dotée de magnifiques cheveux couleur de boue. Ses yeux, comme toutes les sorcières en rêvent, évoquent irrésistible-ment les marécages. Il s'agit de Darcy, qui se penche vers la rue, l'air sentimental :

— Il me plaît ce garçon. Il a du caractère et des muscles.

Sa sœur Stormy lui lance d'un ton moqueur :

— Dis donc, tu ne serais pas amoureuse, par hasard ?

Pour une sorcière, il n'existe pas pire injure ! Darcy se fâche donc, et elles commencent à se crêper le chignon. Jusqu'à ce qu'Icy, leur chef et sœur aînée, intervienne.

— Oh ! Arrêtez de vous disputer ! Nous avons une mission à remplir. Et la scène entre Bloom et ce garçon m'a donné une petite idée... Riven ne supporte pas de perdre et nous, nous avons le pouvoir d'exaucer ses rêves.

Darcy comprend aussitôt :

— Alors, ça ne devrait pas être difficile de le mettre dans notre poche !

L'énorme et stupide ogre Knut est appelé en renfort. Dans un éclair maléfique, il apparaît. Il s'agenouille aux pieds des Trix.

— Me voilà, Vos Seigneuries. Que désirez-vous ?

Icy lève les mains et l'ogre comprend qu'elle veut le métamorphoser. Il pousse un cri de supplication mais elle ricane. Elle adore qu'on la craigne.

— Oh non, pas ça ! gémit le monstre jaune.

— Trop tard, Knut !

Et voilà l'ogre qui a pris l'apparence de son contraire : un jeune homme fluet, doux et astucieux. Il n'existe qu'un seul point commun entre eux : tous les deux sont myopes et doivent porter des lunettes.

Les sorcières sont très satisfaites : personne ne va reconnaître Knut sous les traits de

Timmy, l'ami de Prince Sky, Brandon et Riven !

Un bien étrange Timmy

Dans une foule de plus en plus dense, Stella, Sky, Brandon et moi, parcourons les rues du centre-ville. Nous sommes captivés par les attractions qui nous entourent.

À un moment, Stella veut

m'entraîner vers un avaleur de feu, mais je reste fascinée par une danseuse qui fait virevolter des rubans attachés à ses poignets. Sa souplesse inouïe me rappelle mon rêve étrange de la nuit dernière.

La danseuse se tourne vers moi. Comment est-ce possible ! Elle porte exactement le même loup que la mystérieuse jeune femme de mon rêve !

— Bloom ! Bloom...

Mais cette fois, ce n'est pas une voix surgie de nulle part qui m'interpelle. Une main bien

vivante tapote mon épaule. Ramenée brutalement à la réalité, je sursaute et me retrouve nez à nez avec Timmy.

— Tiens, bonjour ! Tu es venu à la fête, finalement ?

— Bonjour Bloom. Qu'est-ce

que tu fais ici toute seule ? Les autres te cherchent. La course va bientôt commencer.

Déjà ? Je ne m'étais pas rendu compte que j'avais perdu de vue mes amis depuis si longtemps... Timmy et moi décidons d'aller ensemble sur la Grand-Place, où nous avons le plus de chance de les retrouver.

— Ils m'ont raconté ta petite dispute avec Steven, me dit Timmy.

— Avec qui ?

— Euh... Je veux dire avec Riven. Quel dommage, cette dispute.

Je l'approuve, moi aussi désolée. Plein de sympathie, Timmy ajoute :

— Écoute, Bloom. Je connais un moyen de vous réconcilier. C'est une surprise qu'elles devaient... Euh, pardon, que je devais faire à Riven. Ce serait mieux que tu la lui offres, toi, en signe de réconciliation.

Bien que je trouve Timmy un peu bizarre (d'habitude, il ne

s'emmêle pas ainsi en parlant !),
je contemple avec intérêt l'objet
qu'il tire de sa poche. On dirait
un mini-ballon de rugby, en plas-
tique noir. Il s'agit en réalité
d'un étui étonnant, dans lequel
se cache un casque de moto
dépliable, au design dernier cri !

Timmy éprouve quelques diffi-
cultés à ouvrir l'étui, puis il se
lance dans des explications tech-
niques, un peu embrouillées à
mon goût.

— Ce casque est très particulier car il permet... comment
dire... de contrôler les motos

volantes... un peu comme par télépathie...

— Vraiment ?

Il affirme avec conviction :

— C'est le rêve de tous les pilotes.

Je suis un peu étonnée :

— Ce genre de casque est autorisé par le règlement ?

— Je ne... Ah, oui, évidemment. Sinon, je ne l'aurais pas fabriqué.

— D'accord. Mais tu as dû te donner beaucoup de mal, Timmy. C'est toi qui devrais l'offrir à Riven.

Le garçon insiste : l'amitié compte plus à ses yeux que la reconnaissance de ses talents technologiques. Je m'incline devant sa grande générosité.

Il précise :

— Tu n'auras qu'à expliquer à Riven que tu as acheté ce casque dans une boutique spécialisée de la ville. Surtout, ne lui dit pas que tu m'as croisé, sinon il risque de deviner la vérité.

Bien qu'un peu étonnée, j'accepte. Je connais encore très peu Timmy mais je sais que Brandon l'apprécie beaucoup. Alors, je peux lui faire confiance. Et puis, je serais vraiment soulagée de me réconcilier avec Riven.

Chapitre 6

Trop tard !

Je reprends seule mon chemin vers la Grand-Place, guidée par le bruit des moteurs. À l'occasion des derniers essais, les engins se poursuivent le long des façades anciennes, protégées par une barrière magique. Puis ils freinent et reviennent s'aligner sous une banderole. Sur des écrans géants, des présentateurs annoncent le départ imminent de la course. J'aperçois Brandon et Prince Sky qui enfourchent à leur tour leurs motos, puissantes et souples, et les poussent vers la ligne de départ.

— Bloom ! s'exclame Brandon. Nous étions inquiets.

— Moi aussi, je vous cherchais partout. Où se trouve Riven ?

Un peu plus loin sur la ligne, un motard soulève son casque opaque.

— Qu'est-ce qu'il y a ? Je n'ai pas le temps de t'écouter.

Je ne me laisse pas décourager.

— Riven, je voulais juste t'offrir ce petit cadeau pour me faire pardonner.

Il me fixe l'air renfrogné mais il ne dédaigne pas le casque, dont il apprécie aussitôt la valeur technologique. Il l'enfile, tandis que je me dépêche d'aller encourager mon pilote préféré. Je lui lance un clin d'œil et Brandon lève son pouce pour montrer qu'il croit en la victoire.

Je rejoins Stella derrière la barrière qui sépare le public de la piste.

— Qu'est-ce que tu as donné à Riven ? demande mon amie, toujours curieuse.

Je n'ai pas très envie de reparler de Riven, je préfère penser à mon Spécialiste favori.

— Oh, je t'expliquerai plus tard. Un casque dernier cri que Timmy vient de fabriquer.

Stella me fixe avec des yeux ronds.

— Timmy ? C'est impossible.
Il a quitté Magix pour aller souhaiter une bonne fête à sa mère.

Quoi ! Mais alors, s'il ne s'agissait pas de Timmy... Saisie d'un
sinistre pressentiment, je regarde
partout autour de moi, dans la

foule, sur la piste, et même au-dessus de nos têtes. Et là, sur le toit d'un immeuble, j'aperçois quatre silhouettes, l'une énorme et jaune, les autres menues mais tout aussi dangereuses. Les Trix escorté de l'ogre Knut !

Quelle horreur ! Je comprends tout. L'un de nos ennemis a pris l'apparence de Timmy pour me tromper. J'ai été piégée et, à cause de moi, Riven va participer à la course avec un casque maléfique !

Hélas... Il est trop tard pour intervenir. Le signal du départ est donné, et déjà les motos s'élancent, au maximum de leur puissance.

Sans perdre un instant, je me métamorphose en fée, afin de bénéficier de l'intégralité de mes pouvoirs magiques. Bientôt je vole au-dessus des motos, remontant l'un après l'autre tous les concurrents, en direction de Riven.

Un commentateur décrit la course en direct sur les écrans géants :

— C'est ce qu'on appelle une belle course, mesdames et messieurs. Et voilà que surgit un nouveau concurrent !... Un peu spécial, et pas prévu au programme...

Je dépasse Brandon qui me lance un regard inquiet. Pas le temps de lui expliquer ce qui se passe.

Enfin, je rejoins Riven. Pour l'instant, le casque semble lui porter chance, car il se trouve largement en tête. Dès qu'une moto s'approche un peu trop près, elle est freinée ou déviée comme par enchantement. En fait, je comprends qu'il s'agit bien d'un enchantement, provoqué par le casque des sorcières.

Une seule moto reste dans le sillage de celle de Riven. Elle est

chevauchée par un mystérieux motard à la silhouette bien féminine et à la longue chevelure couleur marécage...

Le Spécialiste m'aperçoit. Je crie de toutes mes forces :

— Arrête-toi !

Mais il refuse de ralentir et se contente de me lancer des regards furibonds.

Un choc me projette soudain sur le côté, heureusement sans me blesser. J'ai été heurtée par la moto qui suit celle de Riven.

Brusquement, juste avant la ligne d'arrivée, le futur vainqueur porte les deux mains à son casque, comme si une terrible douleur avait envahi sa tête. Il lâche le guidon, alors qu'il roule à très grande vitesse. Aussitôt sa moto dérape et s'écrase sur la chaussée.

Chapitre 7

Darcy
la guérisseuse

La course s'achève, Brandon en tête. Tout le monde se précipite vers la moto accidentée, les pilotes comme les spectateurs. Je me relève et les rejoins d'un coup d'ailes.

— Bloom, me lance Brandon,

catastrophé, qu'est-ce que tu as fait ?

Je proteste avec vigueur :

— Mais rien ! Je ne l'ai même pas touché. Il a perdu le contrôle de son véhicule tout seul !

Le premier à se pencher sur Riven inanimé est le mystérieux pilote à la silhouette féminine. Celui-ci tend ses doigts vers le blessé et l'air se charge d'ondes magiques. Riven ouvre enfin les yeux.

— Que m'est-il arrivé ?

— Tu as eu un accident, répond le mystérieux pilote. Tu peux dire merci à mes pouvoirs de guérisseuse.

Le pilote retire alors son casque, et je reconnais l'une des Trix !

— Je m'appelle Darcy.

Je me jette sur elle, persuadée qu'elle s'apprête à utiliser encore une fois ses pouvoirs sur Riven.

— Bas les pattes, sorcière !

Darcy me lance un regard plein de mépris.

— Si tu te calmais un peu, petite ! Je ne fais que l'aider.

— C'est toi qui as provoqué cet accident !

Riven se redresse, en s'appuyant sur Darcy.

— Tu es une menteuse, Bloom, dit-il. Je t'ai vue voler derrière moi. Je ne sais pas comment tu as fait pour désactiver mon casque, mais tu as réussi à faire gagner ton cher Brandon. Bravo !

Il retire de sa tête le fameux casque et me le tend.

— Ton cadeau, tu peux te le garder. Il a failli me coûter la vie.

Mais comment peut-on être

aussi bête ! Ou autant aveuglé par la jalousie ! Pourquoi est-ce que j'aurais offert un casque extraordinaire à Riven, puis triché pour faire gagner Brandon ? Cela n'a pas de sens.

— Ce sont les Trix qui m'ont

piégée ! Je croyais parler avec Timmy, mais elles m'ont envoyé un faux Timmy à sa place pour me donner le casque...

Je suis tellement révoltée par ces accusations injustes, que mes explications sont peut-être un peu embrouillées. En tout cas, Riven continue à me fixer avec colère.

— Timmy est absent de Magix pour la journée ! Trouve une histoire plus crédible, Bloom.

Désespérée, je me tourne vers mes amis, Brandon, Stella et Prince Sky. Ma voix est pleine de larmes :

— S'il vous plaît, croyez-moi, vous, au moins !

Brandon se glisse jusqu'à moi et me serre le bras.

— Je te crois, Bloom. Tu ne provoquerais jamais un accident exprès !

Ouf ! Tout de suite, je me sens beaucoup mieux. Mais Riven ne l'entend pas de cette oreille :

— Elle, vous la croyez ! Et moi, vous ne me croyez pas ! C'est ça ?

— Mais non, Riven, tempère Sky. Nous essayons simplement de comprendre ce qui s'est passé.

Furieux, Riven finit de se relever, et fait quelques pas hésitants.

— J'en ai assez ! Avec vous,

tout est terminé. Dès ce soir, je demande mon transfert dans une autre équipe de Spécialistes !

Il s'éloigne, aussitôt suivi par Darcy, qui ne peut s'empêcher de montrer sa satisfaction. Je suis désespérée. Avec leurs vilains tours, les sorcières ont réussi à mettre la zizanie entre nous !

Heureusement, mes amis se rassemblent autour de moi.

Stella exprime tout haut ce que tout le monde pense tout bas :

— On dirait que cette fois, nous avons perdu, Bloom.

Mais Brandon essuie doucement mes larmes sur mes joues.

— Ne t'inquiète pas. Aujour-
d'hui, les sorcières ont réussi à
nous piéger. Elles ont été gran-
dement aidées par le mauvais
caractère de Riven. Mais contre
notre amitié à nous, elles ne
pourront rien.

Pourvu qu'il ait raison !

Chapitre 8

Histoires de cœur

Très tard dans la nuit, les Winx se réunissent à nouveau au grand complet dans ma chambre. Le bal qui clôturait le Rallye de la Rose s'est achevé et les garçons ont réintégré leur école, la Fontaine Rouge. Après avoir souhaité une bonne fête à leurs mamans respectives, Tecna et Flora sont de retour à Alféa.

Stella a retrouvé sa légèreté et son optimisme. Quand elle a fini de raconter nos péripéties de la journée, elle ne peut s'empêcher de nous taquiner toutes :

— Et si on se racontait un peu nos histoires de cœur ? Avez-vous remarqué que Tecna devient toute rouge quand on parle de Timmy ?

— Quoi ? s'étrangle Tecna. C'est complètement faux.

Mais Stella est surexcitée par l'heure tardive et cette journée pleine d'émotions. Elle virevolte autour de nous comme une abeille ou une mouche :

— Et Bloom a le béguin pour Brandon, c'est évident.

Je rougis, incapable de répondre. Stella baisse les yeux, faussement ingénue.

— Quant à moi, j'ai hâte d'entendre ce que vous avez à dire au sujet de Prince Sky. Je reconnais qu'il est mignon, mais rien de plus...

Quel toupet ! Elle, qui ne le

quitte plus des yeux dès qu'il apparaît.

— Alors, maintenant, si on parlait de Riven...

Musa se lève aussitôt, comme montée sur un ressort. Elle émet un large bâillement, qui ne semble pas très naturel...

— Merci les filles pour ce récit passionnant de vos aventures ! Je vais dormir, je suis épuisée.

Stella, qui n'est pas dupe, ouvre la bouche pour une plaisanterie à destination de Musa, mais Flora lui lance un sacré coup de coude dans les côtes.

La fée de la lune et du soleil se rappelle alors pourquoi ce jour du Rallye de la Rose est si particulier pour notre amie. De ses longs doigts fins, elle fait voler sa chevelure blonde :

— Bon, je m'arrête là. Je crois

que j'ai assez parlé pour aujourd'hui !

Elle éclate de rire et nous rions avec elle. Quand même, nous les Winx, nous n'allons pas nous disputer pour une histoire de garçons !

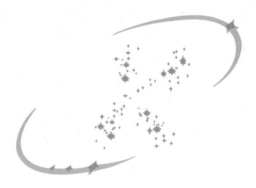

Table

Si tu as envie d'écrire toi aussi, tu trouveras des conseils et
des jeux d'écriture sur le site de Sophie Marvaud,
qui a adapté le dessin animé *Winx Club*
pour la Bibliothèque Rose.
Voici son adresse sur internet :
http://sophie.marvaud.chez.tiscali.fr

Les épisodes suivants de la saison I

Brandon avait raison : les Trix ne réussissent pas à détruire les liens de plus en plus forts qui unissent les Winx et les Spécialistes. Même Riven, un moment devenu espion à la solde des Trix, finit par comprendre qui sont ses vrais amis.

Dans les mois qui suivent, le conflit entre les Winx et les Trix s'aggrave à mesure que Bloom découvre sa véritable identité.

La jeune fée va de surprise en surprise. Ses parents sont en fait ses parents adoptifs. Son père Mike l'a sauvée bébé d'un incendie qui, miraculeusement, n'avait épargné qu'elle. Bloom est en réalité la plus jeune fille du roi et de la reine de Domino. Lorsque leur planète a été détruite par les ancêtres des

Trix, sa sœur aînée, la nymphe Daphné, a réussi à la mettre à l'abri sur Terre. C'est elle qui revient souvent dans les rêves de Bloom, pour la guider et lui dévoiler son histoire.

La haine et la ténacité des Trix s'expliquent enfin ! Elles cherchent à récupérer le formidable pouvoir de la flamme du dragon, détenu par Bloom. Elles deviendraient ainsi les sorcières les plus puissantes de Magix.

Hélas, elles piègent Bloom qui, pour sauver ses parents adoptifs, est contrainte de renoncer à ses pouvoirs. Quel triomphe pour les sorcières ! Elles convoquent toutes les forces de l'ombre et s'apprêtent à conquérir l'ensemble de la dimension magique. La Tour Nuage puis la Fontaine Rouge tombent entre leurs mains. Alféa accueille alors tous ceux qui veulent résister aux Trix : fées, Spécialistes, mais aussi Mme Griffin et d'autres sorcières, comme Myrta.

Pauvre Bloom ! Non seulement, elle a perdu ses pouvoirs hors du commun, mais en plus, Brandon, le garçon qu'elle aime, n'est pas celui qu'elle croyait. Le prince Sky, en réalité, c'est lui ! Pour se protéger de ses ennemis, il a été obligé d'échanger son identité avec le véritable Brandon. Et il est fiancé avec la princesse Diaspro ! Déçue et découragée, Bloom envisage de renoncer à la magie et de rentrer définitivement sur Terre. Il faut toute la force de conviction de Stella pour qu'elle reste défendre Magix.

Guidée par Daphnée vers Rocalus, Bloom fait une découverte capitale : les Trix ont réussi à lui voler ses pouvoirs parce qu'elle avait perdu confiance en elle. Pendant la bataille finale, lorsque le prince Sky (le vrai, l'ancien Brandon) est sur le point

de succomber sous une nouvelle attaque, Bloom parvient à dégager à nouveau toute la puissance du dragon.

Un duel terrible s'engage entre Bloom et Icy. Les autres Winx et les Spécialistes affrontent ensemble les forces de l'ombre. Réunies, Mme Griffin et Mme Faragonda, les directrices de la Tour Nuage et d'Alféa, concentrent leurs pouvoirs pour capturer Darcy et Stormy.

La victoire est totale pour Bloom et ses alliés ! Même Sky comprend que son destin est lié à celui de Bloom, qu'il aime... Quelle joie pour Bloom !

Punies, les Trix sont enfermées à Rocalus pour de longs mois. Dans les trois écoles de Magix, l'apprentissage des pouvoirs surnaturels peut enfin reprendre normalement.

Retrouve Bloom et ses amies dans la saison II des aventures du Winx Club.

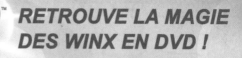

RETROUVE LA MAGIE DES WINX EN DVD !

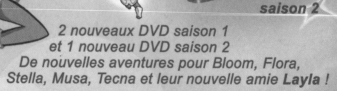

saison 1

saison 2

*2 nouveaux DVD saison 1
et 1 nouveau DVD saison 2
De nouvelles aventures pour Bloom, Flora,
Stella, Musa, Tecna et leur nouvelle amie **Layla** !*

Dès le 11 janvier en DVD

*Pour tout savoir : www.boutique.francetv.com
www.winxclub.com*

france **3** éditions

Imprimé en France par *Partenaires-Book*® JL
dépôt légal n° 73245 - avril 2006
20.20.1052.02/8 – ISBN 2-01-201052-0
Loi n° 49-956 du 16 juillet 1949
sur les publications liées à la jeunesse